KB060250

청어詩人選 309

어쩌다
칠십이라니

조영숙 시집

청어

시인의 말

───────

내사 마 몰시더, 진짜 부끄럽니더.
이걸 시라고 서툴게 갈겨놓고
시집을 만든다카이 억수로 창피하니더.
모자라고 부족하지만 어예니껴
이왕 써놓은 거 주워모아 내 흔적 남길라꼬
이 꼬라지 하니더.

참말로 남사시러우이더.
그래도 우째니껴.
일내서 저지른거 끝까정 공감하며
심심할 때 읽어주이소.
고맙습니데이.

조영숙

차례

3부 희망

1부

사랑

당신은 _조영숙

당신은
언제나 그 자리에서 그대로 서 있는
커다란 바윗돌입니다.

삼십 년 가까이 긴 세월을 내 곁에서
묵묵히 말없이 지켜온 끄떡없는 바윗돌입니다.

그런 바윗돌 당신에게
달콤한 속삭임의 조약돌이 되라고
때론 꼬집기도 하고 응석을 부리고
흔들어 보기도 하였습니다.

그때마다 남는 것은 내 가슴 멍투성이지만
정녕 더 아파한 쪽은 당신이었습니다.

철없는 상처를 보듬어주는
넉넉한 가슴을 가진 그런 바윗돌이었습니다.

잘 토라지고 삐치는 속 좁은 여자
자기의 감성만 중요시하는 보잘 것 없는 여자

아무것도 아닌데 괜히 싸늘하게 차가워지는
여린 여자를 뜨거운 용광로 같은 마음으로
녹여주는 그런 바윗돌이었습니다.

당신은
목마름을 채워주는 옹달샘입니다.
주어도 또 주어도 마르지 않는
한없이 주고만 싶어 하는 그런 옹달샘입니다.

고이기 때문에 퍼주는 건지
퍼주기 때문에 더 많이 고이는 건지
난 알 수가 없답니다.

일상의 공식들이 내 의지와 상관없이
비껴가고 충족되지 않는 기대감이
메말라 갈 때면 나도 몰래 눈물이 흐를 수밖에요.

당신의
그윽한 눈길에서 사랑을 읽을 수 있습니다.
환하고 밝은 미소를 닮고 싶습니다.

한결같이 베푸는 마음은 내겐 기쁨으로 채워집니다.

이젠 고단하고 지친 날개를
풍성하고 훈훈한 당신의 가슴에 포근히 접으렵니다.

당신은
나에게 아낌없이 모두 주는 나무였기에
참으로 행복하였으므로

나도 당신에게 조금이라도 되돌려주고 싶습니다.
받은 만큼은 못할 것 같지만
조금씩 조금씩 갚아 나가도록 노력하겠습니다.

먼 훗날 후회 없는 삶을 위해
조금만 더라는 아쉬움 남기지 않기 위해
열심히 건강하게 하루하루 살겠습니다.

당신은
가깝지도 않은 이 자리에서
다가오지도 않고 뒷걸음치지도 않는

항상 여기에서 그냥 그렇게
나의 이름을 마음으로 불러주는
채색됨이 없는 자연인입니다.
그래서 내가 참 좋아합니다.

당신에게 늘 하고 싶은 말은

정말 고맙습니다.
미안합니다.
그리고 사랑합니다.
생신 진심으로 축하합니다.

　　당신의 아내 조영숙
　　당신은 나의 남편 이필상입니다.

-2004년 5월 18일 밤

참사랑 _조영숙

지금에서야 참사랑을 알 것 같아요.
아낌없이 변함없이 주기만 하는
당신으로 인해 전 늘 행복하였기에

초가지붕 박꽃 달무리 낭만도
야생화의 아리따운 작은 몸짓도
당신의 나래 속 쉼터였구요.

아름다운 오월 꽃내음 더욱 진한 건
당신의 향기 드리워진 덕분이에요.

-2005년 사월 초하루(음력)

지금 당신은 _조영숙

당신이
곁에 있어도 외롭다.
40년 이상을 같은 길을 걸어왔어도
말을 던져도 동문서답이다.

망설이다 한 박자 늦게 답답하다.
역시 내가 원하는 답이 아니다.

그래도 나의 바람은 함께 있기를 원하였지만
습관처럼 몸과 마음은 항상 바깥세상으로 향해있다.

온통 많은 사람과 소통하고, 만나고,
문제해결 하느라 바쁘기만 하다.

혼밥 싫고 혼자가 너무 싫은데…

내가 바라는 게 무엇인지도 모르지만
알려고 하지 않고
같은 취미를 찾아 함께 하고 싶은데
흥미가 없단다.

당신은
70살 넘어 외국에서 어렵고 힘든 박사학위를
받고 모든 사람에게 귀감이 되고 칭찬과 박수
넘치게 받은 교수직을 지키는 스승입니다.

존경받고 인성도 고루 갖추어 본받을 점을
많이 가진 그런 교수입니다.
그래서인지 인간관계론 가르치고 있습니다.

무조건 따르고 의논하는 친척들이 많이 있는 것 보면
분명 진실 됨과 신뢰를 얻은 건 사실인가 봅니다.

당신은
이제 이루고 싶은 소망과 야망
어릴 적 꿈을 거의 달성하고
주위 분들에게 추앙 받으며
멋진 인생 보내고 있지요.

자기 자신에겐 엄격하고 철저하고
남에겐 무한한 배품과 배려로
봉사하는 사람이지요.

지금부터 당신과 난
같은 곳을 바라보며
발맞추어 천천히 산책하며
서로의 말에 귀담아 들어주고
재미있으면 그저 웃어주고

옆자리 지키며 옆구리 시리지 않게 하고
심심하게 하지 않아야겠지요.

굳이 말하지 않아도
눈빛만 보아도 마음 알아주는
그런 우리가 되면 얼마나 좋겠어요.

예전보다 당신 조금 좋아졌지만요.

나는요,
알콩달콩 재미있게
오손도손 정다웁게
도란도란 얘기하며 살고 싶은 것이
희망사항이거든요.

-2019년 10월 어느 날

나무 _이필상

네 꽃망울은 기다림

네 꽃봉오리 설레임

네 잎 필 때는 기쁨

네 잎 떨어질 때는 아쉬움

네 열매는 고마움

네 열매 떨어질까 두려움

네 열매 진 자리에 가시 돋으니

내 마음에도 돋는 미움

그대 안에 내 삶이 모두 들어 있었네.

그대 삶 나와 다르길

기도 드리네.

-2019년 5월 24일,
  안산여성문학회 수변공원 시편전시회에서

영숙 씨, 깜짝 놀랐어요 _이필상

부부의 인연으로 만나 어느덧 50년 가까이 살아오면서 못 다한 아쉬움이 밀려온다. 부부는 서로가 막힘없이 소통할 수 있어야 하고 상대를 이해하고 조화를 이룰 수 있도록 노력해야 하는데 난 침묵만 유지해 왔다.

여기까지 살면서 사랑하고 있다는 따뜻한 말 한마디 쑥스러워 못하고 바라보기만 하고 늘 원하는 기분전환 위해 외출이나 우리만을 위한 짧은 시간 못 내서 함께하지 못한 일로 미안한 마음만 가득하다.

어떠한 사랑과 행복도 서로를 떠나서는 존재할 수 없으며 서로 배려하고 아끼며 싫어하는 일하지 말아야 하는데 난 그러하지 못한 것 많았다. 하루에서 저녁노을이 곱고 아름답듯이 남아있는 우리의 노년도 이렇게 수놓을 수 있기를 기원해본다.

회갑생일날 나에게 준 축하의 글을 읽으며 깜짝 놀란 적이 있었다. 나의 가슴을 뭉클하게 한 것은 평소 감성이 풍부해 표현력은 좋았지만 시를 쓴다는 걸 처음으로 알았기 때문이다.

평생을 시부모 모시고 손님접대에 봉제사까지 약한 체력에 정신적으로 무거운 짐을 지고 초인의 힘으로 버티면서 인고의 노력과 희생으로 살아온 날들은 정말 고마웠고, 또한 미안하고 많이도 안타까웠다.

근래 이명증으로 엄청 고통을 겪으면서 삶의 의지로 버티고 헤쳐 나와 지금은 회복기에 있어 참 감사하기 그지없다.

얼마 전 지난 수년간 생각날 때마다 적어둔 시들을 옮겨 놓은 것이 노트 한 권에 꽉 차 있음을 보고 또 한 번 더 놀랐다. 내용이 소박하고 담백한 표현에 공감하면서 쉽게 읽을 수 있어 더 좋았다.

이제부터는 당신이 한때 가졌던 그리고 아직도 당신 가슴에 활활 타오를 수 있는 불씨로 남아있을 조그마한 꿈을 꼬옥 실현시키길 바라며 기쁨과 함께 더 희망찬 여생에는 중요한 건강과 또 다른 소망도 순조롭게 이루게 되길 원하면서 당신에게 이 글을 드린다.

작은 시집 출간을 축하하면서…

2부

행복

작은 새

한 가닥 빗방울에 쉬이 차가워지고
한 줄기 바람에도 고개 돌리는 작은 새

할딱할딱 숨죽이며 가슴을 보듬어도
서러워 울부짖는 처방 없는 이 슬픔

틈 사이로 보여지는 바깥세상은
더 없이 찬란한 하늘거림

여리디 여린 날갯짓 해 보아도
바둥거리다가 젖어드는 무채색의 깃털들

그대 손짓 향하다가 부신눈 비비며
서투른 날갯짓 다시 해 보아도

콩콩 뛰는 가슴 들켜 버릴까봐
화들짝 놀라서 돌아앉는 이 자리

-1998년 9월 23일

벙어리 울보

말은 하고 싶은데
귀 기울여 줄 그 누구 없어

풀리지 않는 상처투성이 언어들
결국 화살 되어 냉가슴 찌르고

외로움이 묻어나는 아픔의 계곡 되어
깊은 골짜기 더 깊게 파고든다

마음의 든든한 동아줄
놓치기 싫어 꼭 잡고 있는데

서러움의 메아리 점점 커져가고
소리 없는 눈물 그칠 줄 모르느냐

한 아름의 슬픔보따리 풀어 놓아도
울지 말자 굳은 다짐 잊어버렸나

-2011년 10월 5일

그대와 나

그댄
아무도 찾지 않는 골짜기에
살얼음 녹여내며 흘러내리는
시냇물 같구나

난
그 시냇물 타고 동동 떠다니는
나뭇잎 배 되고 싶어라

그댄
봄이 오는 길목에 서성이며
향긋한 향기 모아
날아온 꽃나비였구나

난
이슬 모아 갈증 녹여주고
힘든 나래 쉴 수 있는 꽃잎이고 싶어라

삶의 조각들

물보라 머금은 삶의 조각들을
한 바늘 두 바늘 이으면서

발 빠르게 찾아오는
나 혼자만의 사랑

닫힌 대문 활짝 열고
가슴 펴고 마음껏

두 손 가득 반갑게 맞으며
환한 웃음 띄워봅니다

자네, 이렇게 왔는가

단풍 드는 길목에서
낙엽 지는 강가에서

물안개처럼 무지개처럼
자네 이렇게 가까이 왔는가

도저히 숨조차 쉴 수 없는
벅찬 숨가쁨으로

자네 이리도 고웁게 물들었는가

꽃피는 길가에서
꽃지는 언덕에서

꿈처럼 운명처럼
자네 이렇게 조용히 왔는가

애달퍼 쳐다볼 수 없는
새하얀 설레임으로

자네 이리도 어여쁘게 피었는가

여인

나이가 들어갈수록
고운 여인으로 살고 싶습니다

시간이 흘러 노을빛 물들어도
단아한 여인이고 싶습니다

적어도 그대에게
소중한 여인이 되고 싶습니다

세월 가도 잊혀지지 않는
그리운 여인으로 남고 싶습니다

-2003년 10월 어느 날에

외로움

애달퍼 날지 못하는 작은 나비 찾아

그리움에 젖을수록 파고드는 외로움

쓰리디 쓰린 맘 살랑바람 달래어도

아쉬운 맘 비의 속삭임에 귀 내밀어도

못 다한 마지막 노래 끝내 빠져드는 외로움

-2004년 10월 어느 날에

차 한잔

문 밖엔 흰 눈 흩날리고
쓸쓸히 시간은 오고 가건만

너 있고 나 있고 우리 있어
웃음꽃 피어 보아도

왠지 허전해 갓 우려낸
차 한잔 머금고 싶어요

−명원에서 차(茶) 공부할 때

나에게서 나에게로

그리움에 묻어나는 해그스름 초저녁
너는 너에게로 나는 나에게로

홀로 지친 외로움에 울음 삼킨 달맞이꽃

예나 제나 그대로인데 불빛 세며 달래어도

아무런 기별 없어 나마져 나에게로

완자문에 비쳐지는 희미한 외그림자

시린 가슴 쓸어안고 너도 홀로 나도 홀로

서산에 초승달 기울면 옛 기억만 고스란히

-2008년 10월 어느 날, 안동 침천정에서

어느 노부부

자꾸만 한쪽으로 걸어만 간다
뚜벅 뚜벅 혼자서 멀어져 간다
분명 외로울 텐데 서러울 텐데
뒤돌아 볼 맘 없이 그대로 간다

하염없이 저쪽으로 무심코 간다
털레털레 힘없이 그냥 간다
분명 그리울 텐데 아쉬울 텐데
손짓조차 외면하고 외그림자 따라간다

손잡고 마주보며 걷자 했는데
아낌없이 모든 것 주기로 했는데
아리땁던 눈가엔 주름만 늘고
썰렁한 가슴엔 바람만 부는구나

가는 길 멀리 멀리 가더라도
이보게 저보게 아프지만 말게

-2012년 11월 11일

짝꿍은 그래도

사소한 일상에 의미 없는 언어
허허벌판 아려오는 텅 빈 속내
짝꿍은 그래도 고맙단다
얼굴은 화끈 땀이 송송

오는 고운 말 가는 가시말
서릿발처럼 차디찬 냉가슴
짝꿍은 그래도 감사하단다
눈시울 붉어지고 콧속은 근질

미안한 마음 그지없기에
차마 바로 볼 수 없어
고개 돌려 사알짝 뒷모습 훔쳐본다

-2011년 5월 어느 날에

이별 노래

해그름 산 능선의 고운 선율
붉은 노을은 그리도 일렁이더니
숨겨 놓은 연정 들킬까 수줍어
서둘러 터뜨리는 목마른 이별노래

뽐내던 울긋불긋 고운 단풍잎
잊혀지기 싫어 그리도 느리게 더디게
옛 추억 끝자락 꼬옥 움켜잡고
마침내 떠날 때이른 이별 준비

-2011년 10월 어느 날에

차라리 혼자라면

저녁에 지는 꽃이라 울지 않으려네
혼자 아닌 나만의 애잔한 외로움

차라리 혼자라면 소박한 상차림
달빛 초대하고 새벽별 맞으련만

서산에 해 넘어가도 내일 기약하려네
허허한 빈 가슴 메말라오면

쓰리고 아린마음 다독이는데
눈썹 닮은 초승달 숨바꼭질하잖다

-2012년 10월 어느 날에

서산에 서서

내가 지어오던 사랑의 시는 달콤하기를
내가 걸어온 인생의 시나리오는 매끄럽기만을

내가 꿈꾸는 미래는 풍요롭기를
내가 그리는 최후의 그림은 아름답기만을

황홀함의 중년을 지나
노을 진 서산에 가까이 서서

이제사!
아니구나 아니었구나

다시 지어볼까 사랑의 시를
다시 적어볼까 인생의 시나리오를
다시 그려볼까 꿈꾸는 그림을…

-2012년 12월 어느 날에

연극을 마치고

어느 이른 겨울날
무대는 펼쳐진다
짜릿한 설레임과 기대로
마냥 부풀었던 순간들
숱한 기억과 감성 풍부한 이 나이에
새로 태어난 기분으로 무대에 섰다

잘 나가는 노처녀 약사인 여주인공 역
선보는 장면에서 튕기며 밀당을 하다가

미리 결혼한 친구의 말꼬임에
이러까 저럴까

그만 아차 인생을 걸어본다
연극은 펼쳐지고 이어지며…

뿌듯함과 기쁨을 잠시나마 맛보면서
옛 시절의 나를 돌아볼 수 있었다

아스라이 먼 옛날이 지나가다가
시나브로 천천히 다가온다

어렴풋이 뒤범벅된 총천연색이
차츰 또 희미해진다

무대에서 내려오니
축하의 하얀 꽃눈이 곱게 피어있었다

-2012년 12월 18일, 서초문화원 어르신 마당놀이

눈이 내리면

눈이 내리면
하얀 솜 뭉텅이 위를
사뿐히 걸으면
지나간 옛 기억들이 들려온다

우리의 발자국으로 만든 그 길
말없이 따라 걸어 가 본다

머지않아 이 길에도
따스한 봄바람이 불어오겠지

꽃이 피면

꽃이 피면 꽃길 따라 새소리 들으며

눈이 부시도록 향기로운 오솔길 걸으면
지나간 옛 추억이 날아온다

우리의 이야기로 만든 그 길
꿈꾸며 손잡고 걸어가야지

새해 소망

새해의 창문이 열릴 때면
올 한해만은 꼬옥 실천하리라고
마음으로 다짐하지만

그 결심들은 숙제로만 되풀이 되고

오롯이 나만을 위해 속으로 외치는
아주 작은 약속들

허공에 맴돌지 않기만을
무의미한 시간 속에 묻혀지지 않기만을
새끼손가락의 가르침이 헛되지 않기만을
내년엔 하나라도 내려놓아 가벼워지기를

-2019년 새해 정월 초하룻날

두 마음

감정의 소용돌이 걷잡을 수 없이
천리만리 기웃기웃 흩날리다가

타다 남은 불꽃이 용트림 하고
차디찬 절벽의 빙하 되어 세차게 흘러내리네

나는 나다워야 된다는 공식 속에
꼭꼭 가두어 놓고서
옴짝달싹 못하는 기막힌 숨결

닫힌 듯 열려있는 내 이 두 마음
꿈속에서 허우적거리게 하네

-2019년 3월 어느 날

봄, 여름, 가을, 그리고 겨울

꽃봉오리 갈래갈래 터질 듯 꽃이 피면
향기 머금은 희망 하나,

싱그런 나무숲 그늘에서 쉬어가고
새울음 소리에 발길 멈추면
아련한 그리움 둘,

단풍잎 빠알갛게 뜨겁게 불타면
아직 꺼지지 않은 불씨의 정열 셋,

뜨음하지만 님의 고운 발자국소리
외롭지 않게 눈 녹은 오솔길
아무도 모르게 기다림 넷

하나 둘 셋 넷 모아 모아
사계절이 되고
사계절 켜켜이 쌓여 쌓여
인생의 이야기가 이어진다

-2019년 4월 어느 날

행여나

행여나
바람의 언덕에서
님의 향기 실려오면

곱게 단장하고 날아가서
님 마중 반기리다

행여나
추수가 끝난 빈들에서
사랑의 노래 들려오면

이 달빛 스며드는 빈 가슴에
순수와 달콤함 가득 채우리라

-2000년 11월 어느 날

봄이 오는 소리

창문을 열어 보세요
촉촉이 봄비가 내리네요

조용히 방문도 열어볼까요
고운님 벗님
속삭임이 들려오네요

고요함을 밀어내고
봄이 오는 소리
봄은 멀지 않았네요

봄마중 꽃마중
손잡고 가볼까요

-2020년 2월 12일 수요일
　따스한 늦겨울
　이른 봄비가 내리는 날

마음의 잔

마음의 잔들을 비워 놓게나
슬프고 지칠 때 잔을 채워줄 테니
허허한 가슴 달래야 할 것 아닌가

우리의 이야기에 그리움에
희망과 기쁨 가득 채워야 할 것 아닌가
오늘 같은 날에…

-2020년 4월 15일

인생은…

인생은
일곱 빛깔 무지개더라

인생은
안개꽃 같은 그리움이더라

인생은
혼자 걸어가는 숲길이더라

인생은
어느덧 붉게 물든 서산 노을이더라

-2020년 4월 29일

그리움

나른한 오후
소낙비 후두둑
나뭇잎 때리는 소리에
졸리는 눈 떴다가 감다가

간간이 햇살 사이
목청껏 울어대는 매미들의 합창
못 다한 애절한 사랑
그리운가 보네

-2020년 8월 어느 날

가을의 벤치에서

성큼 다가온 가을의 벤치 위에
빈 옆자리 기다림 앉혔더니

서늘한 가을바람 스치곤
그리움이 가득하네

시리지 않는 계절
옛 기억 더듬어

노을빛 정열이 식지 않게
두 손 모아 기도하렵니다

-2020년 9월 늦은 날

가득 가득하길…

뜨락엔 햇살 가득
마음엔 사랑 가득

산기슭엔 단풍 가득
얼굴엔 미소 가득

너와 나
양손엔
건강과 행복 가득 가득

-2020년 10월 1일

작은 둥지

세찬 바람 날갯짓 허둥대어도
비에 젖은 나래 비틀거려도
새장 속의 날갯죽지 시리고 아리다

실눈 뜨고 창문 틈 햇살은 따사롭고
국화향 그윽하게 스며드는데
단풍은 뚝뚝 짙은 물감 떨어뜨리고

사뿐히 노닐던 옛 시절 그립구나
마음 하나 눕힐 곳 내 작은 둥지뿐

-2020년 10월 중순

만추(晚秋)

만추에 물든 낙엽 드리운
테이블 위에
김이 나는 찻잔 하나

다정한 몸짓
넉넉한 가슴 가진
또 한 사람 초대해

세월을 기울여 마시고 싶다
추억을 그리며 속삭이고 싶다
향기 나는 차 한잔 나누고 싶다

-2020년 11월 4일

그대에게

나 그대 향해 가려는데
초승달빛 은은히 비추어주오

나 그대 향해 달려가려는데
동백화 붉은 색깔 번지게 해주오

그대인 줄 알고
거기인 줄 알게

-2020년 11월 중순

우리의 이야기들

우리가 걸어온 길 위의 이야기들

한 방울에 어울림 엮고
두 방울에 따스함 또 엮고
세 방울에 소소함 엮어서
고운 벗님 목에 걸어드리려네

이 비가 끝나도
춥지 않고 외롭지 않게

-2020년 11월 어느 날

마지막 날

10월의 마지막 날도
의미 없이 고이 보내드리고

오늘 11월 마지막 날 계획 없이
또 등을 밀어 보내야겠네

계절의 무심함
세월의 허무함

닮아가는 것 같아 서글퍼지네

겨울아, 천천히 오렴
마지막 낙엽 가는 길
배웅하고 오거든…

-2020년 11월 마지막 날

그대에게 드리리다

그대 그리워하면
꽃잎 향기 듬뿍 담아
보내드리리다

그대 날 부르신다면
사랑노래 간절히
불러드리리라

그대 외로워하면
봄비 되어 살포시
스치리다

그래도 그대 기다린다면
마중 나온 달빛
문설주에 비춰드리리라

-2020년 어느 봄날에

11월은 어디로

보내지 않았는데 간다고 하는 건가요

속정 깊은 눈 맞춤도 아직 못하고
웃음 띤 환한 인사 못 나누었는데

노오란 은행잎 폭신한 카펫 위를 걸어야 하고
맘껏 뽐낸 붉은 단풍나무 앞에 서서
온갖 멋진 포즈도 취해야 하고

바스락 소리 내어 부서지는 가로수 플라타너스 낙엽과도
발맞추어야 하고

오동잎에 떨어지는 가을비의 묵직한 노래 들어야 하고
예쁘고 고운 잎사귀 주워 책갈피 속에 간직해야 하는데

이것저것 아무것도 아직 못했는데 자취를 감추었나요
12월에 자리 물려주고 어디로 숨은 건가요

-2020년 12월 초순, 코로나로 집콕 하면서

나의 생일(회갑)

어김없이 생일은 또 찾아온다
비 내리는 겨울 궂은날처럼 울적해진다
굳이 좋은 기억이 떠오르지 않아서…

작년 친정 엄마의 말씀
내년이면 우리 딸 회갑이네
벌써 그렇게 나이 많이 먹었나 하시면서
회갑잔치를 당신이 자리 마련하신단다

이제까지 생신상 얻어 드셨으니
한번 갚아야지 하시면서 방긋 웃으셨다

연세 드신 엄마의 마음 씀씀이가 더없이 고맙고 감사
했다
시들어있던 꽃 화분이 물을 머금은 듯 금방 생생해진다

서글펐던 마음 다 버리고 새로운 기분으로
며칠 남지 않는 생일 설레임으로 가득하다

엄마의 사랑에 보답하고 더 효도하리라 다짐해 보면서

살아있을 때 감사하고 사랑 받을 수 있어 기쁘고
깊고 깊은 엄마의 사랑을 느낄 수 있어 행복하다

-2013년 2월 초순

세월의 무상함이

하루는 지루한데
일주일 열어 놓으면 눈 깜빡
한 달 열어 놓으면 후딱

우리의 세월은 지금 시속 70㎞로
달리고만 있는데

우린 만나지도 못하고
이대로 2020년을 마무리해야 하나

참 아쉽다
참 쓸쓸하다

-2020년 12월 초순

허전하고 허전해서

뭔가 허전해서
진한 커피 한잔 타 놓고

그래도 허전해
바깥 풍경 한번 훑어보고

이래도 허전해
신나는 노래 한곡 틀어 놓고

저래도 허전해
TV로 눈을 돌려도

아 아 아 ~ ~ ~
내 마음속 하트 하나 만들어 놓고
한바탕 소리 내어 웃어 보았네

뭔가 허전해서
향긋한 녹차 한잔 타 놓고

여전히 허전해
톡으로 안부 묻고 안부 전해도

너무도 허전해
심심풀이 군것질 앞에 놓아도

아직도 허전해
옛 사진 들여다보아도

아 아 아 ～ ～ ～
내 마음속 하트 하나 만들어 놓고
신나게 몸 흔들며 춤도 추었네

-2020년 12월 중순

더 나은 내일

그리움만 두고 흔적 없이 떠난 가을의 자리

앙상한 나뭇가지 가지마다
눈꽃 기다리는 하얀 겨울

아쉬움과 설레는 자연의 순리 속에
더 나은 내일 기다리며 따스함 느껴봅니다

미련 두고 손 흔들며 헤어진 자리

물오른 연둣빛 잎새 잎새마다
복사꽃 기다리는 분홍 새봄

벅차오르는 기대감과
사계절의 방식 속에

더 좋은 후일 기다리며
살랑바람 느껴봅니다

우정의 길

자주 왕래하지 않으면
가까이 있는 친구도 서먹해지듯

걷지 않는 길엔
가꾸지 않는 길엔 잡초만 자라고

멀리 있어도 궁금해 하며
마음 주고 받으면 전화와 카톡으로 정을 나누면

시간의 흔적만큼
숲속의 오솔길은 포근한 쉼터

우정을 싹 틔우고 희망을 노래하며
긍정적 기운을 북돋아주면

세월의 열매만큼
숲속의 낭만길은 오붓한 휴식처

훈훈한 바람 꽃나비가 날아오는
꽃이 피는 길

꽃내음이 묻어나고
따스함이 피어나는 아름다운 길

우리 모두가 바라고 모여드는 길
손잡고 웃으며 걸어가는 길

-2020년 12월 20일

친구와 친구 사이

부러우면서도 눈곱만큼의 시기심
편하면서도 손톱만큼의 조심성

이해하면서도 순간의 오해
자랑하고 싶어도 한 발 망설임

다 알고 있는 것 같아도 신비한 속내
이럴 것이라 추측했는데 엉뚱한 결론

그래도 친구 간엔
요래조래 골똘히 생각하지 말고
이리저리 개의치 말기로 하자

보고 싶으면 보고 싶다고
힘들면 힘들다고
아프면 아프다고

말할 수 있어서 참 좋다
니가 곁에 있어서 억수로 좋다

-2020년 12월 24일

예보 없는 인생

인생에도 예보가 있다면
돌부리에도 넘어지지 않고
세찬 비바람도 피해갈 수 있으련만

인생에도 연습이 있다면
작은 실수 비켜갈 수 있고
오직 화려한 무대 위의 멋진 모습으로 마무리할 텐데

연습도 예보도 없는 인생이기에
한 번밖에 없는 인생이기에

어제의 슬픔보다
지금의 아픔보다
내일의 희망을 위해

자신을 토닥이며 소박한 작은 기도 올려봅니다

지금보다 조금만 더
사랑하게 하고
감사하면서 웃을 수 있도록

-2020년 12월 26일

올해가 가기 전에

나도 모르게 누군가에게
상처를 주었다면 용서를 빌고

나도 모르게 누군가에게
미움의 말로 마음을 아프게 했다면
사과하고

나도 모르게 누군가에게
기분 나쁘게 했다면
미안하다고 하고

나도 모르게 누군가를
인정하지 않았다면
격려를 마음껏 해주고

이제부턴
내가 먼저 손을 내밀고
미소를 보내야겠다

올해가 가기 전에 보답하는 마음 담아
넉넉하고 따뜻한 가슴으로 모두 안아주고 싶다

−2020년 12월 28일

마침표

세상 헤쳐가다 힘들 때면
앉았다 가고

군데군데 간이역에선
허리 펴고 쉬었다 가고

감동의 물결이 밀려올 때면
심쿵 심쿵 느껴도 보고

여기일까 저기일까 궁금할 땐
물어도 보고

환희의 순간 순간엔
소리 내어 웃어도 보고

터널 속 깜깜할 땐
불빛 따오면 되는데

마지막 종착역은 어디쯤일까
올해의 마침표는 내일모렌데

인생의 마침표는 언제쯤인지
알 수가 없네

아름답고 반듯하게 찍고 싶은데…

-2020년 12월 29일

3부

희망

2021년 정월~이월 사이에

   코로나로 지치고 일상이 허물어질 무렵, 2021년 새해를 맞았다.

   희망을 안고 새로운 계획을 세우고 올해부턴 더 잘 살아야지 사랑하며 용서하며 멋진 나날들을 보내야지 하던 어느 날, 나에겐 이 세상도 아니고 저 세상도 아닌 딴 세상 처음 느껴보는 그런 세상을 느꼈다.

   1월 초 어느 날 갑자기 돌발성 이명이 나타나서 나의 일상을 송두리째 앗아가 버렸다. 머리와 귀에서 이상한 소리가 나서 도대체 잠을 잘 수가 없다. 이 병원 저 병원 큰 병원 작은 병원을 다 찾아다녔으나 절망하고 또 절망하고 답이 없는 원인을 못 찾는 낫기 어려운 것으로 판단 났다.

   수면제를 먹고 겨우 한 잠을 자니 온통 머리는 멍하고 바보가 된 기분이다. 잠을 못자니 입맛이 없어 무엇을 먹을 수가 없다. 입술은 마르고 입이 써서 살 수가 없다. 그래서 "죽겠다"라는 말이 입에 붙어 연신 "죽겠다"이다.

날이 갈수록 체중은 점점 줄어들고 사람 꼴이 아니다. 정말 이러다가 죽을 수도 있겠구나 생각이 들어 불안하고 견딜 수가 없다.

친구 카톡방에도 뜨음하니 몇몇 친구들은 아플 것이라 눈치 채고 조심스럽게 안부 물었으나, 아무 답도 못하고 이제나 저제나 조금 나아지기만을 기다렸지만 아직까지도…

좀 호전이 되면 알리려고 했는데 너무 긴 시간이 흐른 것 같아 아픈 지 한 달이 넘는 어느 날, 답답하고 한심스러운 이 사실을 카톡방에 올릴 결심하고(여러 번 생각은 했지만) 올리고 나니 속은 편했다. 그러나 너무 지치고 감당하기 어려운 충격적인 일이니 일일이 회신하고 싶지 않고 전화를 받지도 않았다.

여기저기 자꾸만 늘어나는 고통과 아픔들. 시력까지 나빠져 겨우 보이고 어질어질 어지럽고 비틀비틀 넘어질까 조심스럽다.

걱정 많이 해주고 위로해 주고 살뜰히 염려해주고 기도해 주는 친구들 정말 찡하게 눈물 나도록 우정을 느낀다.

입맛 잃은 나에게 맛있는 요리해 준다는 친구, 먹고 싶은 것 사 주겠다는 친구, 어쨌든 먹는 것에만 신경 쓰고 많이 먹고 기운 내라는 친구. 모두 모두 고맙고 친구를 넘어선 자매 같은 찐한 정에 뭉클한 감동을 느꼈다.

또 무력해져서 겨우 기본적인 일상만 하는 나를 양방, 한방을 거의 매일같이 차에 싣고 병원마다 찾아다닌 남편에게 고마움과 감사를 드린다.

상담하고 진료 받고 치료받는 그 긴 시간을 아무 불평하지 않고 기다려주는 남편. 바쁜 일 중요한 일을 뒤로 미루며 오직 나만을 위해 정성을 다하는 남편에게 속 깊은 정을 알았다.

귀찮아서 힘들어서 아무것도 못하고 짜증내고 이랬다저랬다 갈피를 못 잡게 하고 나의 감정변화를 그대로 받아주고 화내지 않고 너그러이 한결같은 한 마음으로 지켜주니 미안하기도 했다.

아들 또한 남편 마음만큼 옆에서 지켜주고 도와주고 내 마음, 내 감정을 빨리 알아채고 척척해 주어 고맙고 또 고맙게 생각한다.

부엌일도 많이 챙겨주고, 반찬가게에서 맛있는 찬도 사오고, 심부름 군말 없이 잘 해주고, 슈퍼 장보는 일도 알아서 해주고, 내가 좋아하는 음식을 식당에서 무겁게 사들고 들어와서 나를 기쁘게 해주는 역할을 자발적으로 해주니 미안하면서도 고맙기 그지없다.

일터에서 매일 안부전화도 잊지 않고 하는 것 쉽지 않는데 아들 현우 목소리 듣고 기분 좋게 힘을 내게끔 해주어 또 고맙다.

어릴 때부터 유난히도 영리하고 사랑스러운 딸 지은이는 유학 가서 학업 마치고 지금 캐나다에서 결혼해 행복하게 잘살고 있다.

온화하고 화목한 가정에서 딸같이 예뻐해 주는 사돈과 넘치는 사랑해주는 사위가 늘 감사하고 고맙다.

이 아픈 사실을 말하면 걱정하고 신경 많이 쓸 것 같아 알리지 않고 조금 회복되면 그때 얘기 전할 생각이다.

거의 두 달 동안 싫은 내색 한 번 하지 않고 외조해 주는 외조의 왕 나의 남편과 먹을 것과 집안일 도와준 나의 아들에게 다시 한번 가족의 소중함을 느꼈고 고맙고 감사하다고 전하고 싶다.

이젠 마음의 핸들을 앞세워 소원을 빌며 나아가면 몸은 저절로 따라오겠지. 긍정의 힘을 믿고 또 믿으며 오늘도 한 걸음 한 걸음을 힘내어 내딛는다.

-2021년 2월 하순

친구 생각에

익숙하고 다정한 친구 목소리 들리면
아무 말도 못하고
눈물만 날 것 같고
울 것만 같아

전화를 받지도 못하고
할 수도 없다

폰을 들었다가 놓았다가
이름을 누르려다 그만두다가

요상한 요 내 마음
변덕부리는 이 마음

하루에도 열두 번
이랬다 저랬다 이럴까 저럴까

염려해주는 친구 생각에
억지로 한두 술 떠먹으려니
눈물만 뚝뚝 한숨만 푹푹

-2021년 2월 28일

어찌하면 좋을까

새 봄은 화사하게 밝은 기운으로
온갖 꽃을 다투어 피워가며 다가오는데

이내 몸은 어찌되어 나아질 기미가 없고
이 몹쓸 이명과 불면
한 평생 친구 삼아 같이 가야 하나

하느님 부처님 관세음보살
다 외쳐 보아도
평소에 신심 부족한 탓인지 응답이 없네

살려고 발버둥 쳐 보아도
기운은 점점 없고 마음도 따라 약해지고

아직은 할 일도 많고 하고 싶은 것도
배우고 싶은 것도 여행할 곳도 하도 많은데

정말 고마웠던 지인들에게 친구들에게
진심으로 말짱한 정신으로
감사하다는 말 전해야 하는데

어찌하면 좋을까

모든 것은 그대로, 그 자리인데

나만 혼자 외딴길 낭떠러지인걸

-2021년 3월 초순

70대가 되면

우리 손잡고 천천히 걸어가세
달려도 보았고 날아도 보았으니

이젠 들려도 못 들은 척
이젠 보여도 못 본 척
이젠 알아도 모르는 척 하세

무심히 자연의 순리대로 따라가세

우리 천천히 그렇게 늙어가세
맘고생도 해 보았고 찬란한 순간도 있었으니

이젠 잔소리 그만 줄이고
이젠 지갑은 열어 놓고
이젠 맘껏 베풀기만 하세

여여히 인생의 마무리 잘 해 보세나

우리 뒷짐 지고 여유롭게 익어가세
사랑도 해 보았고 이별도 해보았으니

이젠 자식에게 물려주고
이젠 아들에게 맡겨두고
이젠 딸에게 기대어 보세

서서히 인생의 마무리 잘 해보세나

-2021년 3월 중순

잘 자고 잘 먹고 잘 배설하고

그땐 몰랐었네
아무 생각 없이 그냥 아무 의미 없이
의례 자고 먹고 싸고 했었는데

지금 잘 못 자고 잘 못 먹고 잘 못 싸고 하니
이렇게 쉬운 것이 중요하고 소중한 줄을

건강의 제일 기본인줄 얼마 전엔 진짜 몰랐었네
아프기 전엔 참말로 몰랐었네

그땐 몰랐었네
무엇을 알 때 즈음엔 변해있고
깨달음을 느낄 때 즈음엔 지나가 버리고
건강을 챙겨야지 할 땐
이미 많은 걸 잃어버린 뒤라는 걸

이젠 알게 되었네
한걸음 늦추고 한 계단 낮추고
맘 편히 잘 먹다보면 잘 자게 되고
잘 배설할 것이라고…

-2021년 3월 초순

친구들아

친구들아

들꽃 흐드러지고
능수버들 늘어지면
산으로 들로 꽃놀이 갈 친구들아
날짜 잡혀지면 나에게도 기별해 주렴

콧바람 쐬고 싶다
봄바람 느끼고 싶다
너희들이랑

잘 났다고 뽐내는 꽃들의 향연에
나도 초대받고 싶다

화사하고 영롱한 완연한 봄이 왔는데
나도 이젠 기지개 켜야 안 되겠나

그립고 보고픈 친구들아

자유의 날개
건강한 날개를 가진
너희들이 정말 부럽다

친구들아
벚꽃 하얗게 꽃비 내리고
모란꽃 검붉게 짙어지면

강으로 냇가로 봄 소풍 갈 친구들아
날짜 잡혀지면 나에게도 소식주렴

따사로운 봄볕 쐬고 싶다
산들바람 안아보고 싶다
너희들이랑

−2021년 3월 20일

어쩌다 칠십이라니

어쩌다
　벌써
　　하마
　　　글쎄
　　　　맙소사
　　　　　세상에 칠십이라니
어물쩍 어물쩍
이 나이 되도록 살아보니

죽을 만큼 지독하게 아파보니

아무것도 소용없고
부질없고 덧없구나

마음 내려놓고 비우고
지워버려야

고요함으로 평안한 것을

내 것이라곤 하나도 없구나

잠시 쓰다 다 돌려주고
그냥 갈 것을

잠시 쉬었다가 머물렀다
자연으로 돌아갈 것을

-2021년 3월 22일

모두가 내 벗인걸

봄 햇살 쬐려고 집을 나선다, 나 홀로

처음엔 혼자였는데
여기저기 벗들이 손짓을 한다

빌라의 정원 벚꽃이 먼저
얼굴을 내밀고 인사를 한다

목련도 뒤질세라 손을 흔들고
눈맞춤 하잖다

발 가까이엔 보랏빛 제비꽃이
고개를 들어 한들한들 미소 짓는다

울타리 담장엔 노오란 개나리가
눈이 부시게 흘러내리고 있다

발길을 멈추고 황홀함에 멍하니
혼을 뺏겨버린다

어느새 작은 아기 새가 가까이 와서
뭐라고 속삭이더니 나뭇가지로 숨어버린다

늦잠 잔 물오른 가지가지마다엔
연둣빛 새순들이 반짝반짝 빛을 내고 있고

산기슭엔 진달래가 울긋불긋
무더기로 피어있다

산수유 점점이 박힌 자리엔
알알이 고운 별빛들이 내려와 있구나

난 지금 외롭지 않아
혼자가 아니야 모두가 내 벗인걸

산들산들 봄바람이
내 볼을 스친다

-2021년 3월 26일

번개팅을 앞두고

얼마만의 번개팅인가
며칠 남았는데 벌써부터 설레인다

해맑은 웃음 짓던 친구의 고운 얼굴이
하나씩 떠오른다

해가 가고 세월 흘렀는데
그대로일까?

손자 손녀 보느라
주름 하나 늘었을까?

하 뒤숭숭한 시대에
마음 하나 다쳤을까?

나이 먹는 조바심에
백발 하나 늘었을까?

이나저나 아프지만 말아야지

꿈을 안고 여전히 달려가고 있겠지
반갑게 만나보면 늘 그 모습 그대로일걸

오메! 아픈 나만 늙어버렸네

-2021년 3월 31일, 4월 4일 번개팅을 앞두고

봄 할매

4월 4일 오늘
번개팅으로 받아놓은 날

어제 오늘까지 비가 온다는 일기예보에
소풍 전날 마음 졸이며 잠 못 들던
어릴 적 기억이 어렴풋이 떠오른다

봄 할매가 꽃놀이 간다
연지곤지 찍고 정성들여 꽃단장하고

봄을 닮고 싶어서
분홍의 봄을 가슴에 가득 담고 싶어서

마음은 삼십아홉 봄 아줌마
가슴은 싱숭생숭

다행히 비는 그치고
만개한 벚꽃은 우리를 기다리고

핑크빛 벚꽃 길 따라
왔노라 사진 몇 장 남기려

멋진 포즈 취하지만
그 속엔 영락없는 봄 할매가 빙그레

그래도 예쁘게 찍혔다며
또 웃는다

-2021년 4월 4일

삶의 순간들

산에 오르면서 못 보았던 야생화
천천히 내려오면서 눈에 띄네

앞만 보며 걸어온 인생의 이야기
이제사 여유로워 뒤돌아보니

삶의 순간순간들이
세월 속에 묻혀버리는 게 안타깝다

인생의 시계는 초저녁을 가리키니

행복했던 순간 떠올려보고
기쁨으로 벅찼던 순간 기억해내며
아름다운 순간 간직하려는데

좋은 것은 후딱 지나가 버리고
슬펐던 건 긴 여운을 남긴다

견딜 수 없게 아팠던 순간들도
나에겐 의미 있는 깨달음 주고

잃은 게 있으면 반드시
얻는 보너스는 그보다 더 큰 한 아름

풍요롭게 마음을 깨끗하게 살찌운다

-2021년 4월 12일

우정의 꽃

봄이 무르익은 싱그러운 어느 날

너랑 나랑 우리랑
또 봄바람이 났다

꽃샘추위도 아랑곳 하지 않고
내복과 패딩을 다시 꺼내 입고

연둣빛 붉은 빛으로 가득채운
수채화 풍경 속으로 들어갔다

해마다 맞이하는 봄이지만
새로움과 신선함이 물씬 스며든다

오래 오래 만끽하고 싶지만
언젠가 꽃은 지고 봄은 가겠지

우정의 꽃은 영원히 기억되고
늘 예쁘게 피어나길 바라며

분홍 왕벚꽃 몽실몽실
꽃송이 앞에 미소 지으며 나란히 서본다
하나 둘 서이 찰깍

-2021년 4월 15일

목련꽃 편지

목련꽃이 지면서
편지를 보내는 날

사랑하기도 하고
받기도 하였으므로

그리움을 그리워하고
아쉬움을 아쉬워하고
기다림을 기다리자

목련꽃이 피면서
엽서를 보내는 날

행복하기도 하고
주어서 더 행복하였으므로

희망을 노래하고
기쁨을 주고받고
웃음을 선물하자

-2021년 4월 20일

아련한 옛 기억

북받치는 서러움 삭히고 나니
잔잔한 호수의 물결이 되고
그리움 피어나는 아지랑이 아른

솟구치는 외로움 쓰담쓰담 하니
꽃잎이슬 머금은 흰나비 날고
아련한 옛 기억 시나브로 새록새록

-2020년 4월 어느 날

나의 보물상자

오래전부터 연습 삼아 끄적이던 오래된 시의 구절
낡은 수첩 속에 잠자던 언어들
여기저기 흩어져 구르던 문장들

모두 한 자리에 모아 보았다

오롯이 슬프고 아픈 나의 이야기
기쁨과 바람을 그린 나의 인생 이야기

흘러간 세월 속에 같이 늙고
희석되어 훈훈한 기억으로 채워준다

서투른 표현 매끄럽지 못한 문맥
모자람과 어색함에 마음이 끌린다

유치하기도 창피하기도
나의 밑천이 보여 부끄럽기도 하지만

매일 남몰래 보물상자 열어보는 소소한 행복
악보 없는 나의 시 노래로 흥얼거려본다

나의 꿈을 꾸면서
한 편 두 편씩 늘어나는 즐거움

곧 다가올 칠순기념으로
시집 한 권 목표를 향해 쉼 없이 가고 있다
오늘도… 지금도…

-2021년 4월 29일

오솔길

오솔길 숲길
홀로 걸으면

가끔씩 예쁜 그리움이 일렁거리며
계절 넘어 다가온다

곱게 단장한 공원길
둘이 나란히 걸으면

저 만치 옛 시절 기억들이
가슴 저미며 스쳐간다

새로 난 신작로 위
우리 함께 걸으면

삶의 무게 나눌 수 있는 깊은 정이
발걸음 가벼웁게 해준다

-2021년 5월 1일

꽃씨 하나 심어

푸르른 오월

사뿐히 내린 실비는
촉촉이 대지를 적시고

내 마음에도 젖어 듭니다

꽃씨 하나 심어
인내와 기다림 배우고

은은한 향기 퍼지면
웃음소리 번져갑니다

빗방울 영글고 영글어
햇살 다듬고 다듬어

사랑의 열매
행복의 열매 맺혀지길
바라보렵니다

-2021년 5월 4일

철모르는 장맛비

철모르는 장맛비 반갑기는 하온데

그립다 하기 전에 보고프다 하기 전에

이삼일 주야장창 너무하오 그만하오

빠알간 줄장미 온 동네 물들이고

주렁주렁 아카시아 향기 넘치니

시샘하오 삐치었소

서글픔 후벼 파는 설움둥이 나는 싫소

그대 젖은 가슴 안을 수 있을 만큼

그대 흐르는 눈물 닦을 수 있을 만큼

간직해온 불씨 하나 꺼지지 않을 만큼만

-2021년 5월 중순

감꽃 목걸이

새순 틔우기 지각생 감나무 한 그루

늦잠 푹 자고 초록 꽃봉오리 뽕긋

삐집고 배어나온 달빛 노르스름 속살

어느새 하나 둘 내려앉는 감꽃

아스라한 추억 하나 얼른 집어들고

소꿉친구 둘 또 집어들고

고향생각 잠기며 셋 집어드니

양손 가득 햇살 받아 꼼지락 꼼지락

옛날 그때처럼 실에 꿰어 꽃목걸이

밀려드는 그 기억 그 시절

그 동무 그리다가 애타면서 만지작

흐르는 시간 속에 마르면서

더해지는 진한 갈색 행복

-2021년 6월 2일

황진이

가슴 꽉 메꾸어주는
한 사랑을 몰랐구나
황진이

뜨겁고 깊고 깊은
진한 사랑 스쳤구나
황진이

이 사랑 보내고
또 저 사랑 찾아
비어있는 마음 채우려는
황진이

죽어서도 목말라 갈망하며
뭇사람 드나드는
길가에 묻혔으랴
황진이

−2021년 6월 15일, 『황진이』를 읽고 바로 카톡방에 올린 글

종 모으기

나의 취미 중에 하나인 종 모으기
외국여행 다니면서 모으기 시작한 종
120여 개나 된다

동서양 여러 나라 여행하면서 모은 것들
그 나라만이 지닌 특색 있는 모양
색깔 크기 디자인도 가지가지이다
공기를 가르며 내는 청아한 종소리
희미한 기억 잃어버렸던 시간들이
꼬물꼬물 모여든다

개성을 뽐내면서 진열장에 놓여있는
특이하고 예쁜 종들

가만히 들여다보노라면
고스란히 떠오르는 추억들

새 친구 만날 때마다 기꺼이
빠듯한 자기 옆자리 내주고 모여 있다

옹기종기 아기자기
올망졸망 사이좋게 앉아
키 재기 대회장
자기 나라 자랑 경연장 같다

-2021년 6월 20일

거울 속

앳되고 풋풋한 소녀시절 지나
어여쁘고 아리따운 숙녀시절 보내고
곱고 화려한 중년 아줌마 거치면서

우리 여자의 인생 다 그렇듯이
가장 소중한 지금
할머니가 되어버렸네

거울 속엔
눈가 주름투성이
이마 쭈그렁
늘어난 백발
축 쳐진 볼 살
너무 볼품없다

거울은 점점 내 손에서 멀어져간다

−2021년 6월 하순

염색하는 날

6개월 만에 미장원으로 간다
이런저런 무던한 이유로
오랜만에 염색하러 가는 잰 발걸음

온통 하얀 백발이 눈에 익숙해버린 지
한참 되고서야
나름대로 멋을 내는 나답지 않게

몇 시간 흐르면
거꾸로 시간 접어
조금 젊어 보이겠지만

선뜻 유쾌하지 않은 건
백발 지킨 공간만큼 정이 들은걸까

야속한 세월아
마구 마구 가지 마라
엉큼 성큼 가지 마라

기어이 오려거든
딜컹 딜컹 오너라
꾸불 꾸불 오너라

가을아

여름 열기 사이로 간간히 산들바람 스며드니
높디높은 하늘엔 양떼구름 흘러가고
앞마당 고추잠자리 어지러이 맴을 돈다

구슬픈 매미의 아직도 못 다한 사랑의 노래
마지막 바람에 실어 나뭇잎 간지럽히네

가을내음 무르익는 낭만의 그 시절 오면
지난여름 지긋지긋 무더위 지워지겠지

가을아! 넌
계절 가도 잊혀지지 않는 이쁜 추억들로
가슴에 송알송알 맺히어다오
짧은 가을 긴 여운 드리우고 아쉬움 남지 않게

매년 가을마다 소복소복
갈잎마다 사연 차곡차곡 쌓아

먼 훗날 나중에 아주 나중에
추억여행 어렴풋이 즐길 수 있도록
낡은 기억 찾아 질펀하게 젖어들어
문득 문득 뿌듯한 미소 사르르 번질 수 있도록 해주렴

어쩌다 칠십이라니

조영숙 지음

발 행 처 · 도서출판 **청어**
발 행 인 · 이영철
영   업 · 이동호
홍   보 · 천성래
기   획 · 남기환
편   집 · 방세화
디 자 인 · 이수빈 | 김영은
제작이사 · 공병한
인   쇄 · 두리터

등   록 · 1999년 5월 3일
(제321-3210000251001999000063호)

1판 1쇄 발행 · 2021년 12월 10일

주소 · 서울특별시 서초구 남부순환로 364길 8-15 동일빌딩 2층
대표전화 · 02-586-0477
팩시밀리 · 0303-0942-0478

홈페이지 · www.chungeobook.com
E-mail · ppi20@hanmail.net
ISBN · 979-11-5860-540-7(03810)